24 petites souris avant Noël

– À mon fils et à son papa,
à nos Noëls futurs dans notre petite famille.

M.

– À Nina.

N. B.

Éditions Flammarion - ISBN : 978-2-0816-2545-7 – N° d'édition : L.01EJDNFP2545.C004
87, quai Panhard-et-Levassor – 75647 Paris Cedex 13
www.editions.flammarion.com
Imprimé en France par Pollina s.a. 85400 Luçon - L50455
Dépôt légal : septembre 2004
Loi n° 49-956 du 16 juillet 1949 sur les publications destinées à la jeunesse

24 petites souris avant Noël

Magdalena
Nadia Bouchama

Père Castor ▪ Flammarion

1er décembre

Madame Honorine Souris accroche le calendrier de l'avent en disant à ses 24 petites souris :
– Il reste 24 jours avant Noël !

Mamie Albertine sort son tissu damassé et ses fils colorés pour broder la nappe de Noël.
Coline mélange les bobines de fils.

2 décembre

C'est l'expédition !
La famille Souris part en ville regarder les vitrines de Noël.
Adeline et Aline mangent des gaufres à la crème Chantilly.
Adeline a de belles moustaches blanches.

3 décembre

Pauline propose d'écrire au Père Noël
une grande lettre qui fait toute la longueur du couloir.
Mandarine et Céline découpent des images
dans les catalogues de Noël.
Clémentine et Justine dessinent.

Maxime, Joakim et Théotime partent avec Papa Souris
couper le grand sapin dans la forêt.
Ho hisse ! Ho hisse !
Ils le tirent jusqu'à la maison !
Joakim avance à califourchon sur le tronc.

5 décembre

C'est la grande fouille.
Au grenier, la tête dans les malles et les cartons,
Martine et Marine cherchent des décorations.
Rosine se déguise en arbre de Noël.

6 décembre

Les petites souris décorent le sapin.
Roseline et Léontine accrochent
les boules, les guirlandes et les anges.
Violine grimpe sur la grande échelle
pour poser l'étoile sur la cime.

7 décembre

Sabine, Philippine et Amandine
cherchent dans le jardin des branches
et des pommes de pin.
Sabine trouve une drôle de boule…
c'est un hérisson !

8 décembre

Avec pinceaux et peinture,
Papa Souris et ses petits peignent en rouge et vert
des branches, des noix, des pommes de pin,
et tout ce qui leur tombe sous la patte.
Sandrine et Géraldine se disputent à coups de pinceaux
et finissent avec de la peinture plein le museau.

9 décembre

Valentine et Gwendoline découpent
toutes sortes de papiers :
papier brillant, papier froissé…
Théotime, Maxime et Joakim enfilent des cœurs,
des étoiles et des ronds, sur de longs fils
pour faire des guirlandes qui pendent du plafond.

10 décembre

Avec du sel, de l'eau et de la farine,
Mamie Albertine fait de la pâte à sel
pour fabriquer des petits bougeoirs.
Coline a de la pâte plein les pattes !

11 décembre

Toutes les petites souris, perchées sur des escabeaux,
des chaises, des tabourets ou des échelles,
décorent les vitres avec de la peinture blanche
et des pochoirs.
Sauf Céline qui a peur de tomber,
elle préfère regarder !

12 décembre

Maman Honorine distribue des cartes de vœux
pour écrire à ceux qu'on aime.
Pas un coin de table n'est libre.
Sabine pleure, elle n'a pas de place.

13 décembre

Cela sent bon le chocolat chaud dans toute la maison !
C'est le jour des truffes et des papillotes.
Les apprentis pâtissiers se lèchent les doigts.
Sandrine a caché des truffes dans la poche
de son tablier.

14 décembre

Il est temps de fabriquer la couronne de l'avent
pour l'accrocher sur la porte d'entrée.
Comme personne ne veut faire la même,
Maman Honorine décide d'en réaliser plusieurs :
une pour la porte du garage, une pour le portail,
une pour la porte de derrière
et une grande pour la porte de devant.
Ainsi, tout le monde est content…
sauf Théotime qui déteste
les couronnes de l'avent !

15 décembre

C'est la répétition des chants de Noël.
On remplace les instruments de musique
par des ustensiles de cuisine.
Quel boucan !
Maman Honorine a un peu mal à la tête !

16 décembre

Il neige !
La famille Souris fait un bonhomme de neige
pour commencer,
et une bataille de boules de neige
pour terminer.
Maxime, Marine, Mandarine
et Martine rentrent trempés !

17 décembre

Rosine et Roseline cherchent du houx partout
pour faire un bouquet.
Aïe ouille ouille ! Ça pique !
Personne ne veut porter les branches !

18 décembre

C'est le jour du ramonage.
Joakim et Sabine nettoient la cheminée pour le passage du Père Noël.

Sabine a trouvé un nid de cigognes.
Tant pis, elles devront déménager !

19 décembre

Zut, il y a de la suie partout !
Il faut faire le grand ménage,
à coups de balais et de chiffons, d'éponges et de torchons,
la maison est encore plus propre qu'avant.
Clémentine s'est cachée pour ne pas travailler.

20 décembre

Il reste encore le jardin à décorer.
Amandine et Mandarine accrochent
des gros nœuds et des guirlandes électriques.
Pauline et Justine attachent une banderole
JOYEUX NOËL ! sur le toit,
ainsi le Père Noël reconnaîtra la maison !

21 décembre

Ce sont les dernières courses avant Noël.
Les petites souris, sac sur le dos,
choisissent des cadeaux
pour Papa et Maman Souris.
Violine boude en revenant,
car elle veut un jouet !

22 décembre

Léontine, Valentine et Géraldine
emballent les paquets.
Adeline et Aline se font des bracelets
et des serre-tête en ruban.
Maxime et Théotime plient du papier cadeau
pour faire des avions et des bateaux.

23 décembre

C'est le jour des pâtisseries :
petits sablés, roses des sable, bûche de Noël…
Un nuage de farine flotte dans la cuisine.
Barbouillées du museau aux pattes,
Céline et Gwendoline mangent des gâteaux.

24 décembre

Sandrine et Philippine préparent le repas
du Père Noël et des rennes, avant de se mettre au lit.
Thermos de chocolat chaud, gâteaux et carottes
attendent devant la cheminée sur un plateau.

Le **25 décembre**,
c'est enfin le jour de Noël.
Youpi !

les P'tits albums du Père Castor

Les 4 saisons de Tilouloup
24 petites souris avant Noël
24 petites souris et la neige de Noël
L'Attrapeur de mots
Blanc Bonhomme de neige
C'est mon nid !
Castagrogne de Carabistouille
Cette nuit-là...
Chuuut !
Comptines et chansons...
Dragon bleu dragon jaune
Étoile d'amour
L'épouvantail qui voulait voyager
Eustache et Raoul
Feu Follet est très pressé
Gare à Edgar !
Le géant va venir ce soir...
Grand Loup et Petit Loup
Hector le loup...
Hip hip hip sorcière !
L'histoire du soir
Imagine...
J'ai oublié de te dire je t'aime
J'ai un énorme bobo
Je m'ennuie dans mon lit
Je ne trouve pas le sommeil
Je veux une petite sœur
Lou, la brebis
Ma Maîtresse est une ogresse !
Ma Maman Ourse est partie
Maman m'embête tout le temps
Manon cœur citron
Maxime Loupiot
Mère Citrouille
Le monstre de la jungle
Le monstre que personne n'a vu
Nasreddine
Noël Baobab
Le Noël de Maître Belloni
La nuit du Mélimos
L'ours vagabond
Pas dodo !
Pénélope la Poule de Pâques
Personne ne m'aime
Petit Âne veut être un loup
Petit Oursin
La petite fille du port de Chine
La petite fille et les loups
La petite souris qui a perdu...
Pipi Caca Popot !
Le plus féroce des loups
Qu'est-ce que j'ai dans la tête ?
Qui est le plus rusé ?
Rentrée sur l'île Vanille
Rien qu'un méchant loup !
Le roi qui rêvait d'être grand
Sango et la rivière
Le serpent à fenêtres
Le seul roi, c'est moi !
La sieste des mamans
Snow, le petit esquimau
Titou peur de tout
Très, très fort !
Les trois grains de riz
Un bleu si bleu
Le voyage de Lou